U0101618

難經本義卷下

周　盧國扁鵲秦越人撰

元　許昌滑壽伯仁本義

三十一難曰三焦者何禀何生何始何終其治常在何許可曉以不然三焦者水穀之道路氣之所終始也上焦者在心下下鬲在胃上口主內而不出其治在膻中玉堂下一寸六分直兩乳間陷者是中焦者在胃中脘不上不下主腐熟水穀其治在臍傍下焦者當膀胱上口主分別清濁主出而不內以傳道也其治在臍下一寸故名曰三焦其府在氣街（一本作衝）

人身之府藏有形有狀有禀有生如肝禀氣於木生於水心禀氣於火生於木之類莫不皆然唯三焦既無形狀而所禀所生則元氣與胃氣而已故云水穀之道路氣之所終始也上焦其治在膻中中焦其治在臍傍天樞穴下焦其治在臍下一寸陰交穴治猶司也猶郡縣治之治謂三焦處所也或云治作平聲讀謂三焦有病當各治其處葢刺法也三焦相火也火能腐熟萬物焦從火亦腐物之氣命名取義或有

在於此歟靈樞第十八篇曰上焦出於胃上口並咽以上貫膈而布胸中走腋循太陰之分而行還至陽明上至舌下足陽明常與營衞俱行於陽二十五度行於陰亦二十五度一周也故五十度而復大會於手太陰矣中焦亦傍胃口出上焦之後此所受氣者泌糟粕蒸津液化其精微上注於肺脈乃化而爲血以養生身莫貴於此故獨得行於經隧命曰營氣下焦者別回腸注於膀胱而滲入焉故水穀者常并居於胃中成糟粕而俱下於大小腸而成下焦滲而俱

下濟泌別汁循下焦而滲入膀胱焉謝氏曰詳靈樞本文則三焦有名無形尤可見矣古益袁氏曰所謂三焦者於膈膜脂膏之內五藏五府之隙水穀流化之關其氣融會于其間熏蒸膈膜發達皮膚分肉運行四旁曰上中下各隨所屬部分而名之實元氣之別使也是故雖無其形倚內外之形而得名雖無其實合內外之實而爲位者也愚按其府在氣街一句疑錯簡或衍三焦自屬諸府其經爲手少陽與手心主配且各有治所不應又有府也

三十二難曰五藏俱等而心肺獨在膈上者何也然心者血肺者氣血爲榮氣爲衛相隨上下謂之榮衛通行經絡營周於外故令心肺在鬲上也

心榮肺衛通行經絡營周於外猶天道之運行於上鬲者隔也凡人心下有鬲膜與脊脇周回相著所以遮隔濁氣不使上熏於心肺也四明陳氏曰此特言其位之高下耳若以五藏德化論之則尤有說焉心肺既能以血氣生育人身則此身之父母也以父母之尊亦自然居于上矣內經曰鬲肓之上中有父母

此之謂也

三十三難曰肝青象木肺白象金肝得水而沈木得水而浮肺得水而浮金得水而沈其意何也然肝者非爲純木也乙角也庚之柔一句大言陰與陽小言夫與婦釋其微陽而吸其微陰之氣其意樂金又行陰道多故令肝得水而沈也肺者非爲純金也辛商也丙之柔一句大言陰與陽小言夫與婦釋其微陰婚而就火其意樂火又行陽道多故令肺得水而浮也肺熟而復沈肝熟而復浮者何也故知辛當歸庚乙當歸甲也

四明陳氏曰肝屬甲乙木應角音而重濁析而言之則甲爲木之陽乙爲木之陰合而言之則皆陽也以其屬少陽而位于人身之陰分故爲陰中之陽夫陽者必合陰甲乙之陰陽本自爲配合而乙與庚通剛柔之道乙乃合甲之微陽而反樂金故吸受庚金微陰之氣爲之夫婦木之性本浮以其受金之氣而居陰道故得水而沉也及熟之則所受金之氣去乙復歸之甲而木之本體自然還浮也肺屬庚辛金應商音而輕清析而言之則庚爲金之陽辛爲金之陰合

而言之則皆陰也以其屬太陰而位于人身之陽分故爲陽中之陰夫陰者必合陽庚辛之陰陽本自爲配合而辛與丙通剛柔之道辛乃合庚之微陰而反樂夫火故就丙火之陽爲之夫婦金之性本沉以其受火之氣炎上則居陽道故得水而浮也及熟之則所受火之氣乃去辛復歸之庚而金之本體自然還沉也古益袁氏曰肝爲陰木乙也肺爲陰金辛也角商各其音也乙與庚合丙與辛合猶夫婦也故皆暫拾其本性而隨夫之氣習以見陰陽相感之義焉況

肝位高下肺居膈上上陽下陰所行之道性隨而分故木浮而反肖金之沈金沈而反肖火之上行而浮也凡物極則反及其經制化變革則歸根復命焉是以肝肺熟而各肖其木金之本性矣紀氏曰肝爲陰中之陽陰性尙多不隨於木故得水而沈也肺爲陽中之陰陽性尙多不隨於金故得水而浮也此乃言其大者耳若言其小則乙庚丙辛夫婦之道也及其熟而沈浮反者各歸所屬是其本性故也周氏曰肝畜血血陰也多血少氣體凝中窒雖有脈絡內經非

玲瓏空虛之比故得水而沈也及其熟也濡而潤者轉爲乾燥凝而窒者變爲通虛宜其浮也肺主氣氣陽也多氣少血體四垂而輕泛孔竅玲瓏脈絡旁達故得水而浮也熟則體皆揫斂孔竅窒實輕舒者變而緊縮宜其沈也斯物理之當然與五行造化默相符合耳謝氏曰此因物之性而推其理也愚謂肝爲陽陰中之陽也陰性尙多故曰微陽其居在下行陰道也肺爲陰陽中之陰也陽性尙多故曰微陰其居在上行陽道也熟則無所樂而反其本矣何也物熟

而相交之氣也

三十四難曰五藏各有聲色臭味皆可曉知以不然十變言肝色青其臭臊其味酸其聲呼其液泣心色赤其臭焦其味苦其聲言其液汗肝色黃其臭香其味甘其聲歌其液涎肺色白其臭腥其味辛其聲哭其液涕腎色黑其臭腐其味鹹其聲呻其液唾是五藏聲色臭味也

此五藏之用也聲色臭味下欠液字肝色青臭臊木化也呼出木也味酸曲直作酸也液泣通乎目也心色赤臭焦火化也言揚火也味苦炎上作苦也液汗心主血汗爲血之屬也脾色黃臭香土化也歌緩土也一云脾神好樂故其聲主歌味甘稼穡作甘也液涎通乎口也肺色白臭腥金化也哭慘金也味辛從革作辛也液涕通乎鼻也腎色黑臭腐水化也呻吟誦也象水之聲味鹹潤下作鹹也液唾水之屬也四明陳氏曰腎位遠非呻之則氣不得及於息故聲之呻者自腎出也然肺主聲肝主色心主臭脾主味腎主液五藏錯綜互相有之故云十變也

五藏有七神各何所藏耶然藏者人之神氣所舍藏也

故肝藏魂肺藏魄心藏神脾藏意與智腎藏精與志也

藏者藏也人之神氣藏於內焉魂者神明之輔弼也隨神往來謂之魂魄者精氣之匡佐也並精而出入者謂之魄神者精氣之化成也兩精相薄謂之神脾主思故藏意與智腎者作强之官伎巧出焉故藏精與志也此因五藏之用而言五藏之神是故五用著於外七神蘊於內也

三十五難曰五藏各有所句府皆相近而心肺獨去大

腸小腸遠者何也然經言心榮肺衛通行陽氣故居在上大腸小腸傳陰氣而下故居在下所以相去而遠也

心榮肺衛行陽氣而居上大腸小腸傳陰氣而居下不得不相遠也

又諸府者皆陽也清淨之處今大腸小腸胃與膀胱皆受不淨其意何也

又問諸府既皆陽也則當爲清淨之處何故大腸小腸胃與膀胱皆受不淨耶

然諸府者謂是非也經言小腸者受盛之府也大腸者

傳寫行道之府也膽者清淨之府也胃者水穀之府也膀胱者津液之府也一府猶無兩名故知非也小腸者心之府大腸者肺之府膽者肝之府胃者脾之府膀胱者腎之府

謂諸府爲清淨之處者其說非也今大腸小腸胃與膀胱各有受任則非陽之清淨矣各爲五藏之府固不得而兩名也葢諸府體爲陽而用則陰經所謂濁陰歸六府是也云諸府皆陽清淨之處唯膽足以當之

小腸謂赤腸大腸謂白腸膽者謂青腸胃者謂黃腸膀胱者謂黑腸下焦之所治也

此以五藏之色分別五府而皆以腸名之也下焦所治一句屬膀胱謂膀胱當下焦所治主分別清濁也

三十六難曰藏各有一耳腎獨有兩者何也然腎兩者非皆腎也其佐者爲腎右者爲命門命門者謂精神之所舍原氣之所繫也男子以藏精女子以繫胞故知腎有一也

腎之有兩者以左者爲腎右者爲命門也男子於此

而藏精受五藏六府之精而藏之也女子於此而繫胞是得精而能施化胞則受胎之所也原氣謂臍下腎間動氣人之生命十二經之根本也此篇言非皆腎也三十九難亦言左爲腎右爲命門而又云其氣與腎通是腎之兩者其實則一耳故項氏家說引沙隨程可久曰北方常配二物故惟坎加習於物爲龜爲蛇於方爲朔爲北於太玄爲罔爲冥難經曰藏有一而腎獨兩此之謂也此通三十八三十九難諸篇前後參攷其義乃盡

三十七難曰五藏之氣於何發起通於何許可曉以不然五藏者常上關於九竅也故肺氣通於鼻鼻和則知香臭矣肝氣通於目目和則知黑白矣脾氣通於口口和則知穀味矣心氣通於舌舌和則知五味矣腎氣通於耳耳和則知五音矣

謝氏曰本篇問五藏之氣於何發起通於何許答文止言五藏通九竅之義而不及五藏之發起恐有缺文愚按五藏發起當如二十三難流注之說上關九竅靈樞作七竅者是下同

五藏不和則九竅不通六府不和則留結爲癰

此二句結上起下之辭五藏陰也陰不和則病於內六府陽也陽不和則病於外

邪在六府則陽脈不和陽脈不和則氣留之氣留之則陽脈盛矣邪在五藏則陰脈不和陰脈不和則血留之血留之則陰脈盛矣陰氣太盛則陽氣不得相營也故曰格陽氣太盛則陰氣不得相營也故曰關陰陽俱盛不得相營也故曰關格關格者不得盡其命而死矣

此與靈樞十七篇文大同小異○或云二十八難其

受邪氣畜則腫熱砭射之也十二字當爲此章之結語蓋陰陽之氣太盛而至於關格者必死若但受邪氣畜則宜砭射之其者指物之辭因上文六府不和及邪在六府而言之也

經言氣獨行於五藏不營於六府者何也然夫氣之所行也如水之流不得息也故陰脈營於五藏陽脈營於六府如環無端莫知其紀終而復始而不覆溢人氣內溫於藏府外濡於腠理

此因上章營字之義而推及之也亦與靈樞十七篇

文大同小異所謂氣獨行於五藏不營於六府者非不營於六府也謂在陰經則營於五藏在陽經則營於六府脈氣周流如環無端則無關格覆溢之患而人之氣內得以溫於藏府外得以濡於腠理矣○四明陳氏曰府有邪則陽脈盛藏有邪則陰脈盛陰脈盛者陰氣關於下陽脈盛者陽氣格於上然而未至於死陰陽俱盛則旣關且格格則吐而食不下關則二陰閉不得大小便而死矣藏府氣和而相營陰不覆陽不溢又何關格之有

三十八難曰藏唯有五府獨有六者何也然所以府有六者謂三焦也有原氣之別焉主持諸氣有名而無形其經屬手少陽此外府也故言府有六焉

三焦主持諸氣爲原氣別使者以原氣賴其導引潛行默運於一身之中無或間斷也外府指其經爲手少陽而言蓋三焦外有經而內無形故云詳見六十六難

三十九難曰經言府有五藏有六者何也然六府者止有五府也五藏亦有六藏者謂腎有兩藏也其左爲腎

右爲命門命門者精神之所舍也男子以藏精女子以繫胞其氣與腎通故言藏有六也府有五者何也然五藏各有一府三焦亦是一府然不屬於五藏故言府有五焉

前篇言藏有五府有六此言府有五藏有六者以腎之有兩也腎之兩雖有左右命門之分其氣相通實皆腎而已府有五者以三焦配合手心主也合諸篇而觀之謂五藏六府可也五藏五府亦可也六藏六府亦可也

四十難曰經言肝主色心主臭脾主味肺主聲腎主液鼻者肺之候而反知香臭耳者腎之候而反聞聲其意何也然肺者西方金也金生於巳巳者南方火火者心心主臭故令鼻知香臭腎者北方水也水生於申申者西方金金者肺肺主聲故令耳聞聲

四明陳氏曰臭者心所主鼻者肺之竅心之脈上肺故令鼻能知香臭也耳者腎之竅聲者肺所主腎之脈上肺故令耳能聞聲也愚按越人此說蓋以五行相生之理而言且見其相因而爲用也

四十一難曰肝獨有兩葉以何應也然肝者東方木也木者春也萬物始生其尚幼小意無所親去太陰尚近離太陽不遠猶有兩心故有兩葉亦應木葉也

四明陳氏曰五藏之相生母子之道也故腎爲肝之母屬陰中之太陰心爲肝之子屬陽中之太陽肝之位切近乎腎亦不遠乎心也愚謂肝有兩葉應東方之木木者春也萬物始生艸木甲拆兩葉之義也越人偶有見於此而立爲論說不必然不必不然也其曰太陰太陽固不必指藏氣及月令而言曰隆冬爲

陰之極首夏爲陽之盛謂之太陰太陽無不可也凡讀書要須融活不可滯泥先儒所謂以意逆志是謂得之信矣後篇謂肝左三葉右四葉此云兩葉總其大者爾

四十二難曰人腸胃長短受水穀多少各幾何然胃大一尺五寸徑五寸長二尺六寸橫屈受水穀三斗五升其中常留穀二斗水一斗五升小腸大二寸半徑八分分之少半長三丈二尺受穀二斗四升水六升三合合之大半回腸大四寸徑一寸半長二丈一尺受穀一斗

水七升半廣腸大八寸徑二寸半長二尺八寸受穀九升三合八分合之一故腸胃凡長五丈八尺四寸合受水穀八斗七升六合八分合之一此腸胃長短受水穀之數也

回腸即大腸廣腸肛門之總稱也

肝重二斤四兩左三葉右四葉凡七葉主藏魂心重十二兩中有七孔三毛盛精汁三合主藏神脾重二斤三兩扁廣三寸長五寸有散膏半斤主裹血溫五藏主藏意肺重三斤三兩六葉兩耳凡八葉主藏魄腎有兩枚

重一斤一兩主藏志膽在肝之短葉間重三兩三銖盛精汁三合胃重二斤一兩紆曲屈伸長二尺六寸大一尺五寸徑五寸盛穀二斗水一斗五升小腸重二斤十四兩長三丈二尺廣二寸半徑八分分之少半左回疊積十六曲盛穀二斗四升水六升三合合之太半大腸重二斤十二兩長二丈一尺廣四寸徑一寸當齊右迴十六曲盛穀一斗水七升半膀胱重九兩二銖縱廣九寸盛溺九升九合口廣二寸半脣至齒長九分齒以後至會厭深三寸半大容五合舌重十兩長七寸廣二寸

半咽門重十二兩廣二寸半至胃長一尺六寸喉嚨重十二兩廣二寸長一尺二寸九節肛門重十二兩大八寸徑二寸太半長二尺八寸受穀九升三合八分合之一

此篇之義靈樞三十一三十二篇皆有之越人併爲一篇而後段增入五藏輕重所盛所藏雖覺前後重復不害其爲丁寧也但其間受盛之數各不相同然非大義之所關姑闕之以俟知者

四十三難曰人不食飲七日而死者何也然人胃中當

有留穀二斗水一斗五升故平人日再至圊一行二升半日中五升七日五七三斗五升而水穀盡矣故平人不食飲七日而死者水穀津液俱盡卽死矣

此篇與靈樞三十篇文大同小異平人胃滿則腸虛腸滿則胃虛更虛更滿故氣得上下五藏安定血脈和則精神乃居故神者水穀之精氣也平人不食飲七日而死者水穀津液皆盡也故曰水去則榮散穀消則衛亡榮散衛亡神無所依此之謂也

四十四難曰七衝門何在然唇爲飛門齒爲戸門會厭

爲吸門胃爲賁門太倉下口爲幽門大腸小腸會爲闌門下極爲魄門故曰七衝門也

衝衝要之衝會厭爲咽嗌會合也厭猶掩也謂當咽物時合掩喉嚨不使食物悞入以阻其氣之嘘吸出入也賁與奔同言物之所奔嚮也太倉下口胃之下口也在臍上二寸下脘之分大腸小腸會在臍上一寸水分穴下極肛門也云魄門亦取幽陰之義

四十五難曰經言八會者何也然府會太倉藏會季脇筋會陽陵泉髓會絕骨血會鬲俞骨會大杼脈會太淵氣會三焦外一筋直兩乳內也熱病在內者取其會之氣穴也

太倉一名中脘在臍上四寸六府取稟於胃故爲府會季脇章門穴也在大橫外直齊季肋端爲脾之募五藏取稟於脾故爲藏會足少陽之筋結於膝外廉陽陵泉也在膝下一寸外廉陷中又膽與肝爲配肝者筋之合故爲筋會絕骨一名陽輔在足外踝上四寸輔骨前絕骨端如前三分諸髓皆屬於骨故爲髓會鬲俞在背第七椎下去脊兩旁各一寸半足太陽

脈氣所發也太陽多血又血乃水之象故爲血會大杼在項後第一椎下去脊兩旁各一寸半太淵在掌後陷中動脈卽所謂寸口者脈之大會也氣會三焦外一筋直兩乳內卽膻中爲氣海者也在玉堂下一寸六分熱病在內者各視其所屬而取之會也謝氏曰三焦當作上焦四明陳氏曰髓會絕骨髓屬於腎腎主骨於足少陽無所關腦爲髓海腦有枕骨穴則當會枕骨絕骨誤也血會鬲俞血者心所統肝所藏鬲俞在七椎下兩旁上則心俞下則肝俞故爲血會

骨會大杼骨者髓所養隨自腦下注於大杼大杼滲入脊心下貫尾骶滲諸骨節故骨之氣皆會於此亦通古益袁氏曰人能健步以髓會絕骨也肩能任重以骨會大杼也

四十六難曰老人臥而不寐少壯寐而不寤者何也然經言少壯者血氣盛肌肉滑氣道通榮衛之行不失於常故晝日精夜不寤也老人血氣衰肌肉不滑榮衛之道濇故晝日不能精夜不得寐也故知老人不得寐也

老人之寤而不寐少壯之寐而不寤係乎榮衛血氣

之有餘不足也與靈樞十八篇同

四十七難曰人面獨能耐寒者何也然人頭者諸陽之會也諸陰脈皆至頸胸中而還獨諸陽脈皆上至頭耳故令面耐寒也

靈樞第四篇曰首面與身形也屬骨連筋同血合於氣耳天寒則裂地凌冰其卒寒或手足懈惰然而其面不衣何也岐伯曰十二經脈三百六十五絡其血氣皆上於面而走空竅其精陽氣上走於目而爲睛其別氣走於耳而爲聽其宗氣上出於鼻而爲臭其

濁氣出於胃走唇口而爲味其氣之津液皆上燻于面而皮又厚其肉堅故大熱甚寒不能勝之也愚按手之三陽從手上走至頭足之三陽從頭下走至足手之三陰從腹走至手足之三陰從足走入腹此所以諸陰脈皆至頸胸中而還獨諸陽脈皆上至頭耳也

四十八難曰人有三虛三實何謂也然有脈之虛實有病之虛實有診之虛實也脈之虛實者濡者爲虛緊牢者爲實病之虛實者出者爲虛入者爲實言者爲虛不

言者為實緩者為虛急者為實診之虛實者濡者為虛
牢者為實癢者為虛痛者為實外痛內快為外實內虛
內痛外快為內實外虛故曰虛實也
濡者為虛緊牢者為實此脈之虛實也出者為虛是
五藏自病由內而之外東垣家所謂內傷是也入者
為實是五邪所傷由外而之內東垣家所謂外傷是
也言者為虛以五藏自病不由外邪故惺惺而不妨
於言也不言者為實以人之邪氣內鬱故昏亂而不
言也緩者為虛緩不急也言內之出者徐徐而遲非

一朝一夕之病也急者為實言外邪所中風寒溫熱
等病死生在五六日之間也此病之虛實也診按也
候也按其外而知之非診脈之診也濡者為虛牢者
為實脈經無此二句謝氏以為衍文楊氏謂按之皮
內柔濡者為虛牢強者為實然則有亦無害夫按病
者之處所知痛者為實則知不痛而癢者非實矣又
知外痛內快為邪盛之在外內痛外快為邪盛之在
內矣大抵邪氣盛則實精氣奪則虛此診之虛實也

四十九難曰有正經自病有五邪所傷何以別之然憂

愁思慮則傷心形寒飲冷則傷肺恚怒氣逆上而不下則傷肝飲食勞倦則傷脾久坐濕地强力入水則傷腎是正經之自病也

心主思慮君主之官也故憂愁思慮則傷心肺主皮毛而在上是爲嬌藏故形寒飲冷則傷肺肝主怒怒則傷肝脾主飲食及四肢故飲食勞倦則傷脾腎主骨而屬水故用力作强坐濕入水則傷腎凡此蓋憂思恚怒飲食動作之過而致然也夫憂思恚怒飲食動作人之所不能無者發而中節烏能爲害過則傷

人必矣故善養生者去泰去甚適其中而已昧者拘焉乃欲一切拒絶之豈理也哉○此與靈樞第四篇文大同小異但傷脾一節作若醉入房汗出當風則傷脾不同爾謝氏曰飲食勞倦自是二事飲食得者飢飽失時勞倦者勞形力而致倦怠也此本經自病者病由內作非外邪之干所謂內傷者也或曰坐濕入水亦從外得之也何爲正經自病曰此非天之六溼也

何謂五邪然有中風有傷暑有飲食勞倦有傷寒有中

濕此之謂五邪

風木也喜傷肝暑火也喜傷心土爰稼穡脾主四肢故飲食勞倦喜傷脾寒、金氣也喜傷肺左氏傳狐突云金寒是也濕水也喜傷腎霧雨蒸氣之類也此五者邪由外至所謂外傷者也謝氏曰脾胃正經之病得之勞倦五邪之傷得之飲食

假令心病何以知中風得之然其色當赤何以言之肝主色自入爲青入心爲赤入脾爲黃入肺爲白入腎爲黑肝爲心邪故知當赤色其病身熱脇下滿痛其脈浮大而弦

此以心經一部設假令而發其例也肝主色肝爲心邪故色赤身熱脈浮大心也脇痛脈弦肝也

何以知傷暑得之言當惡臭何以言之心主臭自入爲焦臭入脾爲香臭入肝爲臊臭入腎爲腐臭入肺爲腥臭故知心病傷暑得之當惡臭其病身熱而煩心痛其脈浮大而散

心主臭心傷暑而自病故惡臭而證狀脈診皆屬乎心也

何以知飲食勞倦得之然當喜苦味也虛爲不欲食實爲欲食何以言之脾主味入肝爲酸入心爲苦入肺爲辛入腎爲鹹自入爲甘故知脾邪入心爲喜苦味也其病身熱而體重嗜臥四肢不收其脈浮大而緩

脾主味脾爲心邪故喜苦味身熱脈浮大心也體重嗜臥四支不收脈緩脾也虛爲不欲食實爲欲食二句於上下文無所發疑錯簡衍文也

何以知傷寒得之然當譫言妄語何以言之肺主聲入肝爲呼入心爲言入脾爲歌入腎爲呻自入爲哭故知

肺邪入心爲譫言妄語也其病身熱洒洒惡寒甚則喘咳其脈浮大而濇

肺主聲肺爲心邪故譫言妄語身熱脈浮大心也惡寒喘咳脈濇肺也

何以知中濕得之然當喜汗出不可止何以言之腎主濕入肝爲泣入心爲汗入脾爲涎入肺爲涕自入爲唾故知腎邪入心爲汗出不可止也其病身熱而小腹痛足脛寒而逆其脈沈濡而大此五邪之法也

腎主濕濕化五液腎爲心邪故汗出不可止身熱脈

大心也小腹痛足脛寒脈沈濡腎也○凡陰陽府藏經絡之氣虛實相等正也偏虛偏實失其正也失其正則爲邪矣此篇越人蓋言陰陽藏府經絡之偏虛偏實者也由偏實也故內邪得而生由偏虛也故外邪得而入

五十難曰病有虛邪有實邪有賊邪有微邪有正邪何以別之然從後來者爲虛邪從前來者爲實邪從所不勝來者爲賊邪從所勝來者爲微邪自病者爲正邪

五行之道生我者體其氣虛也居吾之後而來爲邪

故曰虛邪我生者相氣方實也居吾之前而來爲邪故曰實邪正邪則本經自病者也

何以言之假令心病中風得之爲虛邪傷暑得之爲正邪飲食勞倦得之爲實邪傷寒得之爲微邪中濕得之爲賊邪

假心爲例以發明上文之義中風爲虛邪從後而來火前水後也傷暑爲正邪火自病也飲食勞倦爲實邪從前而來土前火後也傷寒爲微邪從所勝而來火勝金也中濕爲賊邪從所不勝而來水尅火也與

上篇互相發宜通攷之

五十一難曰病有欲得溫者有欲得寒者有欲得見人者有不欲得見人者而各不同病在何藏府也然病欲得寒而欲見人者病在府也病欲得溫而不欲見人者病在藏也何以言之府者陽也陽病欲得寒又欲見人藏者陰也陰病欲得溫又欲閉戶獨處惡聞人聲故以別知藏府之病也

紀氏曰府爲陽陽病則熱有餘而寒不足故飲食衣服居處皆欲就寒也陽主動而應乎外故欲得見人藏爲陰陰病則寒有餘而熱不足故飲食衣服居處皆欲就溫也陰主靜而應乎內故欲閉戶獨處而惡聞人聲也

五十二難曰府藏發病根本等不然不等也其不等奈何然藏病者止而不移其病不離其處府病者彷彿賁響上下行流居處無常故以此知藏府根本不同也

丁氏曰藏爲陰陰主靜故止而不移府爲陽陽主動故上下流行居處無常也與五十五難文義互相發

五十三難曰經言七傳者死間藏者生何謂也然七傳

者傳其所勝也間藏者傳其子也何以言之假令心病傳肺肺傳肝肝傳脾脾傳腎腎傳心一藏不再傷故言七傳者死也

紀氏曰心火傳肺金肺金傳肝木肝木傳脾土脾土傳腎水腎水傳心火心火受水之傳一也肺金復受火之傳再也自心而始以次相傳至肺之再是七傳也故七傳死者一藏不受再傷也

假令心病傳脾脾傳肺肺傳腎腎傳肝肝傳心是子母相傳竟而復始如環無端故曰生也

呂氏曰間藏者間其所勝之藏而相傳也心勝肺脾間之脾勝腎肺間之肺勝肝腎間之腎勝心肝間之肝勝脾心間之此謂傳其所生也○按素問標本病傳論曰謹察間甚以意調之間者并行甚者獨行蓋并者並也相並而傳傳其所間如呂氏之說是也獨者特也特傳其所勝如紀氏之說是也越人之義蓋本諸此詳見本篇及靈樞四十二篇但二經之義則以五藏與胃膀光七者相傳發其例而其篇題皆以病傳爲名今越人則以七傳間藏之目推明二經假

心爲例以見病之相傳若傳所勝至一藏再傷則死若間其所勝是子母相傳則生也尤簡而明

五十四難曰藏病難治府病易治何謂也然藏病所以難治者傳其所勝也府病易治者傳其子也與七傳間藏同法也

四明陳氏曰五藏者七神內守則邪之微者不易傳若大氣之入則神亦失守而病深故病難治亦或至於死矣六府爲轉輸傳化者其氣常通況膽又清淨之處雖邪入之終難深留故府病易治也愚按以越

人之意推之則藏病難治者以傳其所勝也府病易治者以傳其所生也雖然此特各舉其一偏而言爾若藏病傳其所生亦易治府病傳其所勝亦難治也故龐安常云世之醫書惟扁鵲之言爲深所謂難經者也越人寓術於其書而言之有不詳者使後人自求之歟今以此篇詳之龐氏可謂得越人之心者矣

五十五難曰病有積有聚何以別之然積者陰氣也聚者陽氣也故陰沈而伏陽浮而動氣之所積名曰積氣之所聚名曰聚故積者五藏所生聚者六府所成也積

者陰氣也其始發有常處其痛不離其部上下有所終始左右有所窮處聚者陽氣也其始發無根本上下無所留止其痛無常處謂之聚故以是別知積聚也

積者五藏所生五藏屬陰陰主靜故其病沈伏而不離其處聚者六府所成六府屬陽陽主動故其病浮動而無所留止也楊氏曰積蓄也言血脉不行蓄積而成病也周仲立曰陰沈而伏初亦未覺漸以滋長日積月累是也聚者病之所在與血氣偶然邂逅故無常處與五十二難意同

五十六難曰五藏之積各有名乎以何月何日得之然肝之積名曰肥氣在左脇下如覆杯有頭足久不愈令人發咳逆瘖瘧連歲不已以季夏戊己日得之何以言之肺病傳於肝肝當傳脾脾季夏適王王者不受邪肝復欲還肺肺不肯受故留結爲積故知肥氣以季夏戊己日得之

肥之言盛也有頭足者有大小本末也欬逆也足厥陰之別貫膈上注肺肝病故胸中欬而逆也二日一發爲瘖瘧內經五藏皆有瘧此在肝爲風瘧也抑以

瘧爲寒熱病多屬少陽肝與之爲表裏故云左脇肝之部也

心之積名曰伏梁起齊上大如臂上至心下久不愈令人病煩心以秋庚辛日得之何以言之腎病傳心心當傳肺肺以秋適王王者不受邪心欲復還腎腎不肯受故留結爲積故知伏梁以秋庚辛日得之

伏梁伏而不動如梁木然

脾之積名曰痞氣在胃脘覆大如盤久不愈令人四肢不收發黃疸飲食不爲肌膚以冬壬癸日得之何以言之肝病傳脾脾當傳腎腎以冬適王王者不受邪脾復欲還肝肝不肯受故留結爲積故知痞氣以冬壬癸日得之

痞氣痞塞而不通也疸病發黃也濕熱爲疸

肺之積名曰息賁在右脇下覆大如杯久不已令人洒淅寒熱喘欬發肺壅以春甲乙日得之何以言之心病傳肺肺當傳肝肝以春適王王者不受邪肺復欲還心心不肯受故留結爲積故以息賁以春甲乙日得之

息賁或息或賁也右脇肺之部肺主皮毛故洒淅寒

熱或謂藏病止而不移今肺積或息或賁何也然或息或賁非居處無常如府病也特以肺主氣故其病有時而動息爾腎亦主氣故賁豚亦然

腎之積名曰賁豚發於少腹上至心下若豚狀或上或下無時久不已令人喘逆骨痿少氣以夏丙丁日得之何以言之脾病傳腎腎當傳心心以夏適王王者不受邪腎復欲還脾脾不肯受故留結爲積故知賁豚以夏丙丁日得之此五結之要法也

賁豚言若豚之賁突不常定也豚性燥故以名之令

人喘逆者足少陰之支從肺出絡心注胸中故也○此難但言藏病而不言府病者紀氏謂以其發無常處也楊氏謂六府亦相傳行如五藏之傳也○或問天下之物理有感有傳感者情也傳者氣也有情斯有感有氣斯有傳今夫五藏之積特以氣之所勝傳所不勝云爾至於王者不受邪是固然也若不受者及欲還所勝所勝不納而留結爲積則是有情而爲感矣且五藏在人身中各爲一物猶耳司聽目司視各有所職而不能思非若人之感物則心爲之主而

乘氣機者也然則五藏果各能有情而感乎曰越人之意葢以五行之道推其理勢之所有者演而成文耳初不必論其情感亦不必論其還不還與其必然否也讀者但以所勝傳不勝及王者不受邪遂留結爲積觀之則不以辭害志而思過半矣○或又問子言情感氣傳先儒之言則曰形交氣感是又氣能感矣於吾子之言何如曰先儒之說雖曰氣感猶形交也形指人身而言所以感之主也

五十七難曰泄凡有幾皆有名不然泄凡有五其名不同有胃泄有脾泄有大腸泄有小腸泄有大瘕泄名曰後重

此五泄之目下文詳之

胃泄者飲食不化色黃

胃受病故食不化胃屬土故色黃

脾泄者腹脹滿泄注食即嘔吐逆

有聲無物爲嘔有聲有物爲吐脾受病故腹脹泄注食即嘔吐而上逆也

大腸泄者食已窘迫大便色白腸鳴切痛

食方已即窘迫欲利也白者金之色謝氏曰此腸寒
之證也
小腸泄者溲而便膿血少腹痛
溲小利也便指大便而言溲而便膿血謂小便不閟
大便不裏急後重也
大瘕泄者裏急後重數至圊而不能便莖中痛此五泄
之要法也
瘕結也謂因有凝結而成者裏急謂腹內急迫後重
謂肛門下墜惟其裏急後重故數至圊而不能便莖

中痛者小便亦不利也○謝氏謂小腸大瘕二泄今
所謂痢疾也內經曰腸澼故下利赤白者灸小腸俞
是也穴在第十六椎下兩旁各一寸五分累驗○四
明陳氏曰胃泄即飧泄也脾泄即濡泄也大腸泄即
洞泄也小腸泄謂凡泄則小便先下而便血即血泄
也大瘕泄即腸澼也
五十八難曰傷寒有幾其脈有變否然傷寒有五有中
風有傷寒有濕溫有熱病有溫病其所苦各不同
變當作辨謂分別其脈也○紀氏曰汗出惡風者謂

之傷風無汗惡寒者謂之傷寒一身盡疼不可轉側
者謂之濕溫冬傷於寒至夏而發者謂之熱病非其
時而有其氣一歲之中病多相似者謂之溫病
中風之脈陽浮而滑陰濡而弱濕溫之脈陽浮而弱陰
小而急傷寒之脈陰陽俱盛而緊濇熱病之脈陰陽俱
浮浮之而滑沈之散濇溫病之脈行在諸經不知何經
之動也各隨其經所在而取之
上文言傷寒之目此言其脈之辨也陰陽字皆指尺
寸而言楊氏曰溫病乃是疫癘之氣非冬感於寒至
春變爲溫病者散行諸經故不可預知臨病人而診
之知在何經之動乃隨而治之〇謝氏曰仲景傷寒
例云冬時嚴寒萬類收藏君子周密則不傷於寒觸
冒者乃名傷寒耳其傷於四時之氣皆能爲病以傷
寒爲毒者以其最爲殺厲之氣也中而卽病者名曰
傷寒不卽病者寒毒藏於肌膚至春變爲溫病至夏
變爲暑病暑病者熱極而重於溫也又曰陽脈浮滑
陰脈濡弱更遇於風變爲風溫今按仲景例風溫與
難經中風脈同而無濕溫之說又曰難經言溫病卽

仲景傷寒例中所言溫瘧風溫溫毒溫疫四溫病也越人言其概而未詳仲景則發其秘而條其脈可謂詳矣龐安常傷寒總論云難經載五種傷寒言溫病之脈行在諸經不知何經之動隨其經所在而取之據難經溫病又是四種傷寒感異氣而變成者也所以王叔和云陽脈浮滑陰脈濡弱更遇於風變成風溫陽脈洪數陰脈實大更遇溫熱變爲溫毒溫毒爲病最重也陽脈濡弱陰脈弦緊更遇溼氣變爲溼溫脈陰陽俱盛重感於寒變爲溫瘧斯乃同病異名同脈異經者也所謂隨其經所在而取之者此也龐氏

此說雖不與難經同然亦自一義例

傷寒有汗出而愈下之而死者有汗出而死下之而愈者何也然陽虛陰盛汗出而愈下之即死陽盛陰虛汗出而死下之即愈

受病爲虛不受病者爲盛唯其虛也是以邪湊之唯其盛也是以邪不入即外臺所謂表病裏和裏病表和之謂指傷寒傳變者而言之也表病裏和汗之可也而反下之表邪不除裏氣復奪矣裏病表和下之

可也而反汗之裹邪不退表氣復奪矣故云死所以然者汗能亡陽下能損陰也此陰陽字指表裏言之經曰誅伐無過命曰大惑此之謂歟

寒熱之病候之如何也然皮寒熱者皮不可近席毛髮焦鼻槁不得汗肌寒熱者皮膚痛唇舌槁無汗骨寒熱者病無所安汗注不休齒本槁痛

靈樞二十一篇曰皮寒熱者不可附席毛髮焦鼻槁腊不得汗取三陽之絡以補手太陰肌寒熱者肌痛毛髮焦而唇槁腊不得汗取三陽於下以去其血者

補足太陰以出其汗骨寒熱者病無所安謂一身百脈無有足處也汗注不休齒未槁取其少陰股之絡齒已槁死不治愚按此蓋內傷之病因以類附之東垣內外傷辨其兆於此乎

五十九難曰狂癲之病何以別之然狂疾之始發少臥而不飢自高賢也自辨智也自倨貴也妄笑好歌樂妄行不休是也癲疾如發意不樂僵仆直視其脈三部陰陽俱盛是也

狂疾發於陽故其狀皆自有餘而主動癲疾發於陰

故其狀皆自不足而主靜其脈三部陰陽俱盛者謂發於陽爲狂則陽脈俱盛發於陰爲癲則陰脈俱盛也按二十難中重陽者狂重陰者癲脫陽者見鬼脫陰者目盲四句當屬之此下重讀如再重之重平聲重陽重陰於以再明上文陰陽俱盛之意又推其極至脫陽脫陰則不止於重陽重陰矣蓋陰盛而極陽之脫也鬼爲幽陰之物故見之陽盛而極陰之脫也一水不能勝五火故目盲四明陳氏曰氣并於陽則爲重陽血并於陰則爲重陰脫陽見鬼氣不守也脫陰

目盲血不榮也〇狂癲之病靈樞二十二篇其論詳矣越人特舉其概正龐氏所謂引而不發使後人自求之歟

六十難曰頭心之病有厥痛有眞痛何謂也然手三陽之脈受風寒伏留而不去者則名厥頭痛

詳見靈樞二十四篇厥逆也

入連在腦者名眞頭痛

眞頭痛其痛甚腦盡痛手足凊至節死不治蓋腦髓海眞氣之所聚卒不受邪受邪則死矣

其五藏氣相干名厥心痛

靈樞載厥心痛凡五胃心痛腎心痛脾心痛肝心痛肺心痛皆五藏邪相干也

其痛甚但在心手足清者即名眞心痛其眞心痛者旦發夕死夕發旦死

靈樞曰眞心痛手足清至節心痛甚爲眞心痛又七十一篇曰少陰者心脈也心者五藏六府之大主也心爲帝王精神之所舍其藏堅固邪不能客客之則傷心心傷則神去神去則死矣其眞心痛者眞字下當欠一頭字蓋闕文也清冷也

六十一難曰經言望而知之謂之神聞而知之謂之聖問而知之謂之工切脈而知之謂之巧何謂也然望而知之者望見其五色以知其病

素問五藏生成篇曰色見青如草茲者死黃如枳實者死黑如炲者死赤如衃血者死白如枯骨者死此五色之見死者也青如翠羽者生赤如雞冠者生黃如蟹腹者生白如豕膏者生黑如烏羽者生此五色之見生也生於心欲如以縞裹朱生於肺欲如以縞

裹紅生於肝欲如以縞裹紺生於脾欲如以縞裹栝蔞實生於腎欲如以縞裹紫此五藏生色之外榮也靈樞四十九篇曰青黑爲痛黃赤爲熱白爲寒又曰赤色出於兩顴大如拇指者病雖小瘉必卒死黑色出於庭（庭者顔也）大如拇指必不病而卒死七十四篇曰診血脈者多赤多熱多青多痛多黑爲久痺多黑多赤多青皆見者爲寒熱身痛面色微黃齒垢黃爪甲工黃黃疸也又如驗產婦面赤舌青母活子死面青舌赤沫出母死子活脣口俱青子母俱死之類也袁氏曰五藏之色見於面者各有部分以應相生相尅之候察之以知其病也

聞而知之者聞其五音以別其病

四明陳氏曰五藏有聲而聲有音肝聲呼音應角調而直音聲相應則無病角亂則病在肝心聲笑音應祉和而長音聲相應則無病祉亂則病在心脾聲歌音應宮大而和音聲相應則無病宮亂則病在脾肺聲哭音應商輕而勁音聲相應則無病商亂則病在肺腎聲呻音應羽沈而深音聲相應則無病羽亂則

病在腎袁氏曰聞五藏五聲以應五音之清濁或互相勝負或其音嘶嗄之類別其病也○此一節當於素問陰陽應象論金匱眞言諸篇言五藏聲音及三十四難云云求之則聞其聲足以別其病也

問而知之者問其所欲五味以知其病所起所在也

靈樞六十三篇曰五味入口各有所走各有所病酸走筋多食之令人癃鹹走血多食之令人渴辛走氣多食之令人洞心辛與氣俱行故辛入心而與汗俱出苦走骨多食之令人變嘔甘走肉多食之令人悗

心悗者悶也推此則知問其所欲五味以知其病之所起所在也袁氏曰問其所欲五味中偏嗜偏多食之物則知藏氣有偏勝偏絶之候也

切脈而知之者診其寸口視其虛實以知其病在何藏府也

診寸口卽第一難之義視虛實見六難并四十八難王氏脈法讚曰脈有三部尺寸及關榮衛流行不失衡銓腎沈心洪肺浮肝弦此自常經不失銖分出入升降漏刻周旋水下二刻脈一周身旋復寸口虛實

見焉此之謂也

經言以外知之曰聖以內知之曰神此之謂也

以外知之望聞以內知之問切也神微妙聖通明也又總結之言神聖則工巧在內矣

六十二難曰藏井滎有五府獨有六者何謂也然府者陽也三焦行於諸陽故置一俞名曰原府有六者亦與三焦共一氣也

藏之井滎有五謂井滎俞經合也府之井滎有六以三焦行於諸陽故又置一俞而名曰原所以府有六

者與三焦共一氣也虞氏曰此篇疑有缺誤當與六十六難參攷

六十三難曰十變言五藏六府滎合皆以井爲始者何也言井者東方春也萬物之始生諸蚑行喘息蜎飛蠕動當生之物莫不以春生故歲數始於春日數始於甲故以井爲始也

十二經所出之穴皆謂之井而以爲滎俞之始者以井主東方木木主春也萬物發生之始諸蚑者行喘者息息謂噓吸氣也公孫宏傳作蚑行喙息義尤明

白蜎者飛蠕者動皆虫豸之屬凡當生之物皆以春而生是以歲之數則始於春日之數則始於甲人之榮合則始於井也馮氏曰井谷井之井泉源之所出也四明陳氏曰經穴之氣所生則自井始而溜榮注俞過經入合故以萬物及歲數日數之始爲譬也

六十四難曰十變又言陰井木陽井金陰滎火陽滎水陰俞土陽俞木陰經金陽經火陰合水陽合土

十二經起於井穴陰井爲木故陰井木生陰滎火陰滎火生陰俞土陰俞土生陰經金陰經金生陰合水陽井爲金故陽井金生陽滎水陽滎水生陽俞木陽俞木生陽經火陽經火生陽合土

陰陽皆不同其義何也然是剛柔之事也陰井乙木陽井庚金陽井庚庚者乙之剛也陰井乙乙者庚之柔也乙爲木故言陰井木也庚爲金故言陽井金也餘皆倣此

剛柔者卽乙庚之相配也十干所以自乙庚而言者蓋諸藏府穴皆始於井而陰脈之井始於乙木陽脈之井始於庚金故自乙庚而言剛柔之配而其餘五

行之配皆倣此也丁氏曰剛柔者謂陰井木陽井金庚金爲剛乙木爲柔陰滎火陽滎水壬水爲剛丁火爲柔陰俞土陽俞木甲木爲剛己土爲柔陰經金陽經火丙火爲剛辛金爲柔陰合水陽合土戊土爲剛癸水爲柔葢五行之道相生者母子之義相尅相制者夫婦之類故夫道皆剛婦道皆柔自然之理也易曰分陰分陽迭用柔剛其是之謂歟

六十五難曰經言所出爲井所入爲合其法奈何然所出爲井井者東方春也萬物之始生故言所出爲井也

所入爲合合者北方冬也陽氣入藏故言所入爲合也

此以經穴流注之始終言也

六十六難曰經言肺之原出於太淵心之原出於太陵肝之原出於太衝脾之原出於太白腎之原出於太谿少陰之原出於兌骨神門穴也膽之原出於邱墟胃之原出於衝陽三焦之原出於陽池膀胱之原出於京骨大腸之原出於合谷小腸之原出於腕骨

肺之原太淵至腎之原太谿見靈樞第一篇其第二篇曰肺之俞太淵心之俞太陵肝之俞太衝脾之俞

太白腎之俞太谿膀胱之俞束骨過於京骨爲原膽之俞臨泣過於邱墟爲原胃之俞陷谷過於衝陽爲原三焦之俞中渚過於陽池爲原小腸之俞後谿過於腕骨爲原大腸之俞三間過於合谷爲原蓋五藏陰經止以俞爲原六府陽經既有俞仍別有原或曰靈樞以太陵爲心之原難經亦然而又別以兌骨爲少陰之原諸家針灸書竝以太陵爲手厥陰心主之俞以神門在掌後兌骨之端者爲心經所注之俞似此不同者何也按靈樞七十一篇曰少陰無輸心不

病乎岐伯曰其外經病而藏不病故獨取其經於掌後兌骨之端也其餘脈出入屈折其行之疾徐皆如手少陰心主之脈行也又第二篇曰心出於中衝溜於勞宮注於太陵行於間使入於曲澤手少陰也按中衝以下竝手心主經俞靈樞直指爲手少陰而手少陰經俞不別載也又素問繆刺篇曰刺手心主少陰兌骨之端各一痏立已又氣穴篇曰藏俞五十穴王氏注五藏俞惟有心包經井俞之穴而亦無心經井俞穴又七十九難曰假令心病寫手心主俞補手心主井詳此前後各經文義則知手

少陰與心主同治也

十二經皆以俞爲原者何也然五藏俞者三焦之所行氣之所留止也三焦所行之俞爲原者何也然齊下腎間動氣者人之生命也十二經之根本也故名曰原三焦者原氣之别使也主通行三氣經歷於五藏六府原者三焦之尊號也故所止輒爲原五藏六府之有病也皆取其原也

十二經皆以俞爲原者以十二經之俞皆係三焦所行氣所留止之處也三焦所行之俞爲原者以齊下腎間動氣乃人之生命十二經之根本三焦則爲原氣之别使主通行上中下之三氣經歷於五藏六府也通行三氣卽紀氏所謂下焦稟眞元之氣卽原氣也上達至於中焦中焦受水穀精悍之氣化爲榮衛榮衛之氣與眞元之氣通行達於上焦也所以原爲三焦之尊號而所止輒爲原猶警蹕所至稱行在所也五藏六府之有病者皆於是而取之宜哉

六十七難曰五藏募皆在陰而俞在陽者何謂也然陰病行陽陽病行陰故令募在陰俞在陽

募與俞五藏空穴之總名也在腹爲陰則謂之募在背爲陽則謂之俞募猶募結之募言經氣之聚於此也俞史扁鵲傳作輸猶委輸之輸言經氣由此而輸於彼也五藏募在腹肺之募中府二穴在胸部雲門下一寸乳上二肋間動脈陷中心之募巨闕一穴在鳩尾下一寸脾之募章門二穴在季脇下直臍肝之募期門二穴在不容兩旁各一寸五分腎之募京門二穴在腰中季脇本五藏俞在背行足太陽之經肺俞在第三椎下心俞在五椎下肝俞在九椎下脾俞

在十一椎下腎俞在十四椎下皆俠脊兩旁各一寸五分陰病行陽陽病行陰者陰陽經絡氣相交貫藏府腹背氣相通應所以陰病有時而行陽陽病有時而行陰也針法曰從陽引陰從陰引陽

六十八難曰五藏六府皆有井滎俞經合皆何所主然經言所出爲井所流爲滎所注爲俞所行爲經所入爲合井主心下滿滎主身熱俞主體重節痛經主喘咳寒熱合主逆氣而泄此五藏六府井滎俞經合所主病也

主主治也井谷井之井水源之所出也滎絕小水也

井之源本微故所流尙小而爲榮俞輸也注也自榮而注乃爲俞也由俞而經過於此乃謂之經由經而入於所合謂之合合者會也靈樞第一篇曰五藏五俞五五二十五俞六府六俞六六三十六俞此俞字空穴之總名凡諸空穴皆可以言俞經脈十二絡脈十五凡二十七氣所行皆井榮俞經合之所係而所主病各不同井主心下滿肝木病也足厥陰之支從肝別貫鬲上注肺故井主心下滿榮主身熱心火病也俞主體重節痛脾土病也經主喘咳寒熱肺金病也合主逆氣而泄腎

水病也謝氏曰此舉五藏之病各一端爲例餘病可以類推而互取也不言六府者舉藏足以該之

六十九難曰經言虛者補之實者瀉之不虛不實以經取之何謂也然虛者補其母實者瀉其子當先補之然後瀉之不虛不實以經取之者是正經自生病不中他邪也當自取其經故言以經取之

靈樞第十篇載十二經皆有盛則瀉之虛則補之不盛不虛以經取之虛者補其母實者瀉其子子能令母實母能令子虛也假令肝病虛卽補厥陰之合曲

泉是也實則瀉厥陰之榮行間是也先補後瀉即後篇陽氣不足陰氣有餘當先補其陽而後瀉其陰之意然於此義不屬非闕誤即羨文也不實不虛以經取之者即四十九難憂愁思慮則傷心形寒飲冷則傷肺云云者蓋正經之自病者也楊氏曰不實不虛是諸藏不相乘也故云自取其經

七十難曰春夏刺淺秋冬刺深者何謂也然春夏者陽氣在上人氣亦在上故當淺取之秋冬者陽氣在下人氣亦在下故當深取之

春夏之時陽氣浮而上人之氣亦然故刺之當淺欲其無太過也秋冬之時陽氣沈而下人氣亦然故刺之當深欲其無不及也經曰必先歲氣無伐天和此之謂也四明陳氏曰春氣在毛夏氣在皮秋氣在分肉冬氣在骨髓是淺深之應也

春夏各致一陰秋冬各致一陽者何謂也然春夏溫必致一陰者初下針沈之至腎肝之部得氣引持之陰也秋冬寒必致一陽者初內針淺而浮之至心肺之部得氣推內之陽也是謂春夏必致一陰秋冬必致一陽

致取也春夏氣溫必致一陰者春夏養陽之義也初下針卽沉之至腎肝之部俟其得氣乃引針而提之以至於心肺之分所謂致一陰也秋冬氣寒必致一陽者秋冬養陰之義也初內針淺而浮之當心肺之部俟其得氣推針而內之以達於腎肝之分所謂致一陽也○此篇致陰致陽之說越人特推其理有如是者爾凡用針補瀉自有所宜初不必以是相拘也

七十一難曰經言刺榮無傷衛刺衛無傷榮何謂也然針陽者臥針而刺之刺陰者先以左手攝按所針榮俞

之處氣散乃內針是謂刺榮無傷衛刺衛無傷榮也榮爲陰衛爲陽榮行脉中衛行脉外各有所淺深也用針之道亦然針陽必臥針而刺之者以陽氣輕浮過之恐傷於榮也刺陰者先以左手按所刺之穴良久令氣散乃內針不然則傷衛氣也無毋通禁止辭

七十二難曰經言能知迎隨之氣可令調之調氣之方必在陰陽何謂也然所謂迎隨者知榮衛之流行經脉之往來也隨其逆順而取之故曰迎隨

迎隨之法補瀉之道也迎者迎而奪之隨者隨而濟

之然必知榮衛之流行經脈之往來榮衛流行經脈往來其義一也知之而後可以視夫病之逆順隨其所當而爲補寫也○四明陳氏曰迎者逆其氣之方來而未盛也以寫之隨者隨其氣之方往而未虛也以補之愚按迎隨有二有虛實迎隨有子母迎隨陳氏之說虛實迎隨也若七十九難所載子母迎隨也調氣之方必在陰陽者知其內外表裏隨其陰陽而調之故曰調氣之方必在陰陽

在察也內爲陰外爲陽表爲陽裏爲陰察其病之在

陰在陽而調之也楊氏曰調氣之方必在陰陽者陰虛陽實則補陰瀉陽陽虛陰實則補陽瀉陰或陽并於陰陰并於陽或陰陽俱虛俱實皆隨其所見而調之謝氏曰男外女內表陽裏陰調陰陽之氣者如從陽引陰從陰引陽陽病治陰陰病治陽之類

七十三難曰諸井者肌肉淺薄氣少不足使也刺之柰何然諸井者木也榮者火也火者木之子當刺井者以榮瀉之故經言補者不可以爲瀉瀉者不可以爲補此之謂也

諸經之井皆在手足指梢肌肉淺薄之處氣少不足使爲補瀉也故設當刺井者只瀉其滎以井爲木滎爲火火者木之子也詳越人此說專爲瀉井者言也若當補井則必補其合故引經言補者不可以爲瀉瀉者不可以爲補各有攸當也補瀉反則病益篤而有實實虛虛之患可不謹歟

七十四難曰經言春刺井夏刺滎季夏刺俞秋刺經冬刺合者何謂也然春刺井者邪在肝夏刺滎者邪在心季夏刺俞者邪在脾秋刺經者邪在肺冬刺合者邪在腎

滎俞之繫四時者以其邪各有所在也

其肝心脾肺腎而繫於春夏秋冬者何也然五藏一病輒有五也假令肝病色青者肝也臊臭者肝也喜酸者肝也喜呼者肝也喜泣者肝也其病衆多不可盡言也四時有數而竝繫於春夏秋冬者也針之要妙在於秋毫者也

五藏一病不止於五其病尤衆多也雖其衆多而四時有數而竝繫於春夏秋冬及井滎輸經合之屬也

用針者必精察之○詳此篇文義似有缺誤今且依
此解之以俟知者

七十五難曰經言東方實西方虛瀉南方補北方何謂也然金木水火土當更相平東方木也西方金也木欲實金當平之火欲實水當平之土欲實木當平之金欲實火當平之水欲實土當平之東方肝也則知肝實西方肺也則知肺虛瀉南方火補北方水南方火火者木之子也北方水水者木之母也水勝火子能令母實母能令子虛故瀉火補水欲令金不得平木也經曰不能治其虛何問其餘此之謂也

金不得平木不字疑衍○東方實西方虛瀉南方補北方者木金火水欲更相平也木火土金水之欲實五行之貪勝而務權也金水木火土之相平以五行所勝而制其貪也經曰一藏不平所勝平之東方肝也西方肺也東方實則知西方虛矣若西方不虛則東方安得而過於實耶或瀉或補要亦抑其甚而濟其不足損過就中之道也水能勝火子能令母實母能令子虛瀉南方火者奪子之氣使食母之有餘補

北方水者益子之氣使不食於母也如此則過者退而抑者進金得平其木而東西二方無復偏勝偏虧之患矣越人之意大抵謂東方過於實而西方之氣不足故瀉火以抑其木補水以濟其金是乃使金得與木相停故曰欲令金得平木也若曰欲令金不得平木則前後文義窒碍竟說不通使肝木不過肺不虛復瀉火補水不幾於實實虛虛耶八十一難文義正與此互相發明九峰蔡氏謂水火金木土穀惟修取相勝以洩其過其意亦同故結句云不能治其虛何問其餘蓋爲知常而不知變者之戒也此篇大意

在肝實肺虛瀉火補水上○或問子能令母實母能令子虛當瀉火補土爲是蓋子有餘則不食母之氣母不足則不能蔭其子瀉南方火乃奪子之氣使食母之有餘補中央土則益母之氣使得以蔭其子也今乃瀉火補水何歟曰此越人之妙一舉而兩得之者也其瀉火一則以奪木之氣一則以去金之克補水一則以益金之氣一則以制火之光若補土則一於助金而已不可施於兩用此所以不補土而補水

也或又問母能令子實子能令母虛五行之道也令邈人乃謂子能令母實母能令子虛何哉曰是各有其說也母能令子實子能令母虛者五行之生化子能令母實母能令子虛者針家之予奪固不相侔也

○四明陳氏曰仲景云木行乘金名曰橫內經曰氣有餘則制己所勝而侮所不勝木實金虛是木橫而淩金侮所不勝也木實本以金平之然以其氣正强而橫金平之則兩不相伏而戰戰則實者亦傷虛者亦敗金虛本資氣於土然其時土亦受制未足以資

之故取水爲金之子又爲木之母於是瀉火補水使水勝火則火餒而取氣於木木乃減而不復實水爲木母此母能令子虛也木既不實其氣乃平平則金免木淩而不復虛水爲金子此子能令母實也所謂金不得平木不得徑以金平其木必瀉火補水而旁治之使木金之氣自然兩平耳今按陳氏此說亦自有理但爲不之一字所纏未免牽强費辭不若直以不字爲衍文爾觀八十一篇中當知金平木一語可見矣

七十六難曰何謂補瀉當補之時何所取氣當瀉之時何所置氣然當補之時從衛取氣當瀉之時從榮置氣其陽氣不足陰氣有餘當先補其陽而後瀉其陰陰氣不足陽氣有餘當先補其陰而後瀉其陽榮衛通行此其要也

靈樞五十二篇曰浮氣之不循經者爲衛氣其精氣之行于經者爲榮氣葢補則取浮氣之不循經者以補虛處瀉則從榮置其氣而不用也置猶弃置之置然人之病虛實不一補瀉之道亦非一也是以陽氣

不足而陰氣有餘則先補陽而後瀉陰以和之陰氣不足而陽氣有餘則先補陰而後瀉陽以和之如此則榮衛自然通行矣補瀉法見下篇

七十七難曰經言上工治未病中工治已病者何謂也然所謂治未病者見肝之病則知肝當傳之與脾故先實其脾氣無令得受肝之邪故曰治未病焉中工者見肝之病不曉相傳但一心治肝故曰治已病也

見肝之病先實其脾使邪無所入治未病也是爲上工見肝之病一心治肝治已病也是爲中工靈樞五

十五篇曰上工刺其未生也其次刺其未盛者也其次刺其已衰者也下工刺其方襲者也與其形之盛者也與其病之與脉相逆者也故曰方其盛也勿敢毁傷刺其已衰事必大昌故曰上工治未病不治已病此之謂也

七十八難曰鍼有補瀉何謂也然補瀉之法非必呼吸出內針也知爲針者信其左不知爲針者信其右當刺之時先以左手厭按所針滎俞之處彈而努之爪而下之其氣之來如動脉之狀順針而刺之得氣因推而內之是謂補動而伸之是謂瀉不得氣乃與男外女內不

得氣是謂十死不治也

彈而努之鼓勇之也努讀若怒爪而下之掐之稍重皆欲致其氣之至也氣至指下如動脉之狀乃乘其至而刺之順猶循也乘也停針待氣氣至針動是得氣也因推針而內之是謂補動針而伸之是謂瀉此越人心法非呼吸出內者也是固然也若停針候氣久而不至乃與男子則淺其針而候之衛氣之分女子則深其針而候之榮氣之分如此而又不得氣是

謂其病終不可治也篇中前後二氣字不同不可不
辨前言氣之來如動脈狀未刺之前左手所候之氣
也後言得氣不得氣針下所候之氣也此自兩節周
仲立乃云凡候氣左手宜略重之候之不得乃與男
則少輕其手於衛氣之分以候之女則重其手於榮
氣之分以候之如此則既無前後之分又昧停針待
氣之道尚何所據爲補寫耶

七十九難曰經言迎而奪之安得無虛隨而濟之安得
無實虛之與實若得若失實之與虛若有若無何謂也

出靈樞第一篇得求而獲也失縱也遺也其第二篇
曰言實與虛若有若無者謂實者有氣虛者無氣也
言虛與實若得若失者謂補者佖然若有得也寫者
怳然若有失也卽第一篇之義

然迎而奪之者寫其子也隨而濟之者補其母也假令
心病寫手心主俞是謂迎而奪之者也補手心主井是
謂隨而濟之者也

迎而奪之者寫也隨而濟之者補也假令心病心火
也土爲火之子手心主之俞大陵也實則寫之是迎

口而奪之也木者火之母手心主之井中衝也虛則補之是隨而濟之也迎者迎於前隨者隨其後此假心爲例而補寫則云手心主卽靈樞所謂少陰無俞者也當與六十六難竝觀

所謂實之與虛者牢濡之意也氣來實牢者爲得濡虛者爲失故曰若得若失也

氣來實牢濡虛以隨濟迎奪而爲得失也前云虛之與實若得若失實之與虛若有若無此言實之與虛若得若失蓋得失有無義實相同互舉之省文爾

八十難曰經言有見如入有見如出者何謂也然所謂有見如入者謂左手見氣來至乃內針針入見氣盡乃出針是謂有見如入有見如出者也

所謂有見如入下當欠有見如出四字如讀若而孟子書望道而未之見而讀若如蓋通用也○有見而入出者謂左手按穴待氣來至乃下針針入候其氣應盡而出針也

八十一難曰經言無實實虛虛損不足而益有餘是寸口脈耶將病自有虛實耶其損益奈何然是病非謂寸

口脈也謂病自有虛實也假令肝實而肺虛肝者木也
肺者金也金木當更相平當知金平木假令肺實而肝
虛微少氣用針不補其肝而反重實其肺故曰實實虛
虛損不足而益有餘此者中工之所害也

是病二字非誤即衍肝實肺虛金當平木如七十五
難之說若肺實肝虛則當抑金而扶木也用針者乃
不補其肝而反重實其肺此所謂實其實而虛其虛
損不足而益有餘殺人必矣中工中常之工猶云粗
工也○按難經八十一篇篇辭甚簡然而榮衛度數

尺寸位置陰陽王相藏府內外脈法病能經絡流注
針刺穴俞莫不該盡而此篇尤創艾切切蓋不獨爲
用針者之戒凡爲治者皆所當戒又納筆之微意也
於乎越人當先秦戰國時與內經靈樞之出不遠必
有得於口授面命傳聞嘩嘩者故其見之明而言之
詳不但如史家所載長桑君之遇也邵氏乃謂經之
當難者未必止此八十一條噫猶有望於後人歟

图书在版编目(CIP)数据

难经本义 /（元）滑寿撰；（明）王肯堂辑. —北京：
中国书店，2013.6
（中国书店藏版古籍丛刊）
ISBN 978-7-5149-0528-1

Ⅰ.①难… Ⅱ.①秦…②王… Ⅲ.①《难经》—注释
Ⅳ.①R221.9

中国版本图书馆CIP数据核字（2012）第245478号

中國書店藏版古籍叢刊 一函二册

難經本義

作者 元·滑壽 撰 明·王肯堂 輯
出版發行 中國書店
地址 北京市西城區琉璃廠東街一一五號
郵編 一〇〇〇五〇
印刷 北京華藝齋古籍印務有限責任公司
版次 二〇一三年六月
書號 ISBN 978-7-5149-0528-1
定價 九二〇元